Jeet y Choco

AMIGOS PARA SIEMPRE

por Amandeep S. Kochar

PAW PRINTS
PUBLISHING

pawprintspublishing.com

Diseño de la cubierta y el libro por Maureen O'Connor
Dirección artística de Nishant Mudgal
Ilustrado por Weaverbird Interactive

Editado por Bobbie Bensur y Alison A. Curtin
Traducido por Candy Rodó

Edición de bolsillo en español ISBN: 978-1-22318-348-0
Libro electrónico en español ISBN: 978-1-22318-349-7

Publicado por Paw Prints Publishing
PawPrintsPublishing.com
Impreso en Ashland, OH, EE.UU.

Jeet vive en California. Lo adoptaron cuando era pequeño.

Sus padres, Bebbe y Bapu, lo quieren mucho.

Jeet y su familia se mudaron a una ciudad nueva.
Él echa de menos a sus amigos. Se siente un
poquito solo y triste.

—¿Estás bien, Jeet? —le pregunta Mamá.

—¡Vamos a dar un paseo!— le dice. —Eso
te ayudará.

— Bueno— dice Jeet.

Durante su paseo...
Corren acera abajo.

Lanzan piedras al lago.

Visitan el mercado al aire libre.

También comen un helado... ¡con extra de chocolate!

Pero a pesar de tanta diversión, Jeet sigue triste.
—¿Sabes, Jeet?— dice Mamá. —Muy pronto harás
nuevos amigos. ¡Estoy segura!
—Eso espero— dice Jeet.

De repente, se oye el ladrido de perros.
¡A Jeet le encantan los perros!

—Viene de ese refugio de animales—
dice Jeet. —¿Podemos entrar, Bebbe?

—Podemos hacer de voluntarios aquí —dice Mamá. —Es una buena manera de ayudar a la comunidad. ¡Y una gran idea para hacer amigos!

—Sí —dice Jeet. —¡Yo quiero ayudar!

Mamá sonríe y va a hablar con el encargado.
Jeet se queda jugando con los perros.

¡Hay tantos! Algunos son grandes. Algunos son pequeños.

Algunos están comiendo.
Algunos están durmiendo.

¡Y uno está SALTANDO!

—Hola pequeñita—dice Jeet.
La perrita le lame la cara.
Y lame.
¡Y lame!

—¡Qué dulce eres! Te llamaré Choco.

Cae la tarde y es hora de irse.

—¡Adiós, Choco! ¡Hasta mañana!

Refugio d

de Ciuda

Cuando llegan a casa,
Jeet está deseando contarle a Papá
todo sobre su nueva amiga.

—¡Se llama Choco y es genial!
—¡Fantástico! —contesta Papá.

Esa noche, al dormirse, Jeet se siente feliz.
Sueña con Choco. En su sueño, juegan juntos
en casa.

A la mañana siguiente, Jeet se despierta temprano. Corre escaleras abajo.

—¡Vamos al refugio! —exclama.

Mamá se ríe. —Primero, ¡a desayunar!

Es un día cálido y soleado.

Jeet juega con Choco en el jardín del refugio.

Corren.

Juegan a tirar y buscar la pelota.

¡Saltan!

¡El tiempo pasa demasiado deprisa!

De camino a casa, Jeet pregunta:

—Ustedes me dieron una casa para siempre. ¿Podemos darle a Choco una casa para siempre?

—Ya veremos —contesta Mamá.

En casa, Jeet trata de convencer a Papá.

—Bapu, ¿podemos adoptar a Choco?

—Un perro es una gran responsabilidad. ¿Estás preparado? —pregunta Papá.

—¡Sí, lo estoy! —responde Jeet.

Jeet no está seguro de haber convencido a sus padres.
¡Pero espera que sí!

Esa noche, sueña que sus amigos que están lejos le visitan. En su sueño, Jeet también tiene nuevos amigos. ¡Todos juegan con Choco! Es su amiga favorita.

A veces los sueños se hacen realidad.
Esa mañana...

¡Una sorpresa!
Choco tiene ahora una casa para siempre.
Y Jeet tiene a Choco. Una amiga para siempre.

Para muchos niños, un animal de compañía tiene un impacto positivo en sus vidas.

🐾 Las mascotas se convierten en una válvula de escape segura para compartir sus sentimientos, tanto positivos como negativos. ¡Combaten la soledad y son buenos compañeros!

🐾 Las mascotas ayudan en la salud socio-emocional del niño a través del desarrollo de la empatía, el respeto y la lealtad.

🐾 Las mascotas ayudan a los niños a hacerse más responsables y confiables.

🐾 Las mascotas —especialmente los perros que necesitan paseos y rato para jugar— mantienen activos a los niños.

🐾 Hay estudios que demuestran que jugar con una mascota reduce los niveles de la hormona de estrés cortisol en el cuerpo.

🐾 Las mascotas ayudan a dar confianza y autoestima a través de su amor y aceptación incondicionales.

🐾 Las mascotas refuerzan los vínculos en la familia al promover más tiempo juntos además de la cooperación para completar responsabilidades compartidas.

🐾 Las mascotas enseñan a los niños el ciclo de la vida.

🐾 Busque refugios en su área donde puedan hacer de voluntarios para ayudar a animales o adoptar mascotas. También pueden contactar con humanesociety.org y aspca.org para más información sobre voluntariados y adopción de mascotas.

🐾 **¿Lo sabías?** Jeet y su familia son una primera generación indio-americana, y también son sij. El sijismo se originó en la India, pero ahora se practica mundialmente. Los sijs creen que los humanos y el resto del mundo natural están en armonía y deben respetarse por igual. Así pues, los animales son muy importantes y valiosos. El trabajo duro, compartir recursos y participar en servicios comunitarios son particularmente importantes en el sijismo.